ÉGLISE FRANÇAISE

A CLICHY

ET A BOULOGNE-SUR-SEINE

PAR

L'ABBÉ C. NARBEY

Extrait des *Annales franc-comtoises* (1890), 3ᵉ livraison

BESANÇON

PAUL JACQUIN, IMPRIMEUR
Grande Rue, 14

CLICHY, près Paris

CHEZ LAURENT, IMPRIMEUR
Place de la Mairie, 13

1890

L'ÉGLISE FRANÇAISE

A CLICHY

ET A BOULOGNE-SUR-SEINE

~~~~~~~

I.

En 1831, le 14 février, un service anniversaire de la mort du duc de Berry était célébré à Paris, dans l'église Saint-Germain l'Auxerrois. Des blanchisseurs de Clichy, entre autres Desgré, qui habitait rue Marthe, étaient allés chez leurs clients du quartier du Louvre. Ils entrèrent par curiosité dans l'église de Saint-Germain l'Auxerrois. Quel ne fut pas leur étonnement d'apercevoir leur curé, l'abbé Heuqueville, faisant la quête au milieu de tous ces amis de la branche aînée des Bourbons ! Ils revinrent en toute hâte annoncer cette nouvelle aux habitants de Clichy. Ce fut un grand émoi dans toute la paroisse. Le soir, une troupe de jeunes gens excités par Desgré attendit le curé, à son retour, devant la porte du presbytère; et on lui jeta des pierres en proférant des injures et des menaces. L'abbé Heuqueville se défendit à coups de bâton ; aidé de son frère, qui était son vicaire, il tint en respect les assaillants et frappa rudement dans la mêlée.

Le lendemain matin, un attroupement plus considérable poussait des vociférations autour du presbytère et sommait le curé de s'en aller. Il partit après trois jours d'attente inutile : les esprits ne se calmaient pas. Les vicaires généraux chargèrent l'abbé Hatton, ancien curé de Chatenay, de faire provisoirement les offices à Clichy. Il y vint les dimanches 20 et 27 février; mais les meneurs n'étaient pas contents de cet état de choses : ils voulaient être sûrs que le prêtre partisan des Bourbons ne reviendrait pas.

Une députation des familles les plus respectables, conduite par le marguillier Louvet, alla trouver l'archevêque, M⁸ʳ de Quélen, pour lui demander un autre curé. Monseigneur dit : « Non ; vous garderez votre curé, vous n'en aurez point d'autre. » Alors l'église fut fermée et le service religieux cessa. On allait à la messe à Asnières ; on y faisait baptiser les enfants ; on conduisait les morts au cimetière de Clichy. Ce qui causait le plus de peine, c'était que les morts étaient enterrés sans prière et sans cérémonie : les enterrements civils faisaient horreur à tous. Au bout de deux ou trois mois, les plus exaltés allèrent demander un curé à l'abbé Chatel, qui avait établi l'église française au faubourg Saint-Martin, et s'efforçait d'attirer sur lui l'attention publique. L'abbé Chatel envoya aussitôt l'abbé Auzou, qui avait étudié la théologie au séminaire de Versailles et avait été ordonné prêtre par M. Poulard, ancien évêque constitutionnel d'Autun. L'église était fermée, et l'abbé Heuqueville en avait emporté tous les vases sacrés. Il fallait la faire ouvrir et s'en rendre maître. Une occasion favorable se présenta. Le 4 juin, avaient lieu les obsèques d'une dame très connue à Clichy. Les parents, désolés à l'idée de la conduire au cimetière en libre penseuse, allèrent trouver le maire, et moitié par force, moitié par supplication, lui arrachèrent la clef de l'église. Le maire prétexta que les gendarmes, occupés au dehors, n'avaient pu lui prêter main-forte. Il s'en alla porter ses plaintes à Paris. Le sacristain, les chantres, le sonneur, les enfants de chœur, furent entourés, gagnés, pour prendre part à la cérémonie funèbre (1). L'abbé Auzou, qui se tenait caché derrière cette agitation, dont il dirigeait les mouvements, vint réciter des prières et conduisit le convoi : il s'était emparé de la position. Il s'installa au presbytère, se fit nommer par un vote de ses partisans, se déclara curé de Clichy par l'élection du peuple, et dit la messe en français, les dimanches suivants, dans l'église de Saint-Vincent de Paul. Son assistance, d'abord assez nombreuse, comptait bien des curieux, mais aussi des sectaires résolus, qu'enflammaient les passions politiques et la haine du curé catholique romain. A cette nouvelle, on

(1) Voir la *Quotidienne* du lundi 11 juillet 1831.

s'émut à l'archevêché, l'on demanda le secours de l'autorité civile. Mais des retards eurent lieu, et l'abbé Auzou n'avait garde de lâcher prise. Quand des commissaires vinrent fermer l'église et apposer les scellés par ordre du préfet de la Seine, il ne se déconcerta pas ; il dressa un autel dans l'embrasure de la petite porte latérale, aujourd'hui murée et faisant face au boulevard National. On entendait la messe en plein air : l'assistance était d'environ cinquante fidèles. La surexcitation s'accrut parmi la population par ce coup d'autorité. Des jeunes gens se réunirent et introduisirent dans le clocher l'ancien sonneur, qui brisa les scellés et rouvrit l'église. Quelques jours après, les gendarmes arrivèrent de Saint-Denis, pour arrêter ceux qui étaient signalés comme complices du sonneur. Une résistance vigoureuse s'organisa ; l'on se battit dans les rues ; les gendarmes firent feu ; le sang coula ; les jeunes gens se réfugièrent dans le clocher et s'y retranchèrent avec des amas de pierres, qu'ils faisaient pleuvoir sur ceux qui osaient approcher. Cependant des mandats d'arrestation furent lancés contre une vingtaine des meneurs, qui furent conduits en prison et relâchés bientôt après. Le préfet envoya de la troupe de Courbevoie, pour garder les abords de l'église et maintenir la population dans le calme. Le détachement de soldats s'installa dans une maison qui servait de corps de garde ; toutes les vingt-quatre heures, ils étaient remplacés par d'autres venant également de Courbevoie. Pendant quinze jours environ ils furent entretenus aux frais de la municipalité, qui imposait des contributions extraordinaires aux habitants. Des murmures s'élevaient de toutes parts pour mettre fin à cette occupation militaire du pays ; le maire promit au préfet de maintenir l'ordre avec le concours de la garde nationale, et les soldats rentrèrent dans leur caserne.

Cependant les discussions continuaient avec ardeur entre les partisans de l'église française et les catholiques fidèles, qu'on appelait les romains. L'abbé Auzou transforma en chapelle un vaste magasin ou hangar appartenant à Denis Gilet, où se voit encore aujourd'hui un bénitier, au n° 3 de la rue du Landy. Ses partisans l'y suivirent : il y fit toutes les cérémonies du culte sans opposition. Lui-même était souvent reçu dans une maison qui faisait face à l'église, et qui a été rasée dans la construction du boulevard. C'était chez Mme Saintard, qui l'avait en grande admiration, et qui aurait voulu, disait-elle, voir tous ses fils lui ressembler. Il était petit, agréable causeur, avait l'air doux et insinuant, s'efforçait de pénétrer dans la population en flattant ses idées politiques, tournées alors vers des changements qu'avait annoncés la révolution de 1830. Il s'élevait contre le droit divin, voulait l'élection par le peuple, aussi bien sur le terrain religieux que sur le terrain de la royauté. Mais son thème favori, celui qu'il développait avec le plus de feu, c'était l'abolition de la souveraineté pontificale. Pour lui, le pape n'était pas plus que les évêques. Il disait : « On est évêque ou bien on ne l'est pas ; il n'y a pas de » moitié d'évêque, pas de quart d'évêque. » On aimait à l'entendre prêcher ; il intéressait son auditoire.

Il était évident que le mal prenait des proportions considérables. L'archevêque se décida à nommer un curé dans le courant de juillet 1831 ; ce fut l'abbé Terraille, aumônier des Quinze-Vingts, qui groupa bien vite autour de lui la majeure partie de la paroisse (1). Quand on se fut classé, que l'on eut laissé passer la curiosité, qui poussait à savoir où en voulaient venir les réformateurs, ce ne fut plus qu'une minorité qui tint pour l'abbé Auzou, mais une minorité capable de le soutenir. Les deux partis, sans être d'égale force, s'observaient et se comptaient. Lorsque les convois se rendaient au cimetière, on accourait sur les portes pour savoir quel prêtre les accompagnait et quelle était l'importance du cortège. Les discussions se ravivaient ; des rixes étaient à craindre, et défense fut faite au clergé d'aller à pied au cimetière et en habits sacerdotaux.

Soit que l'abbé Auzou espérât s'emparer encore de l'église, soit qu'il eût peu de ressources, il n'avait pas fait décorer sa chapelle. Un vieillard, M. Marais, propriétaire, rue de Neuilly, y a été marié le 29 juillet 1831 ; il raconte que deux cierges brûlaient aux extrémités d'un autel de chétive apparence : un paravent servait à dissimuler une sacristie. On faisait là des conférences pendant le carême ; elles piquaient la curiosité, mais ne gagnaient point de prosélytes.

Un des grands succès de l'abbé Auzou fut de s'attacher un jeune homme intelligent, nommé Laverdet, qui était chantre à l'église paroissiale, après avoir été longtemps enfant de chœur, et avoir été

_____

(1) Les registres de baptême sont interrompus depuis la fin de février 1831 jusqu'au commencement de février 1833.

l'honneur de l'école communale. Il avait vingt-quatre ans et fut décidé à se faire prêtre de l'église française. Sa famille était pauvre ; sa mère tenait une petite librairie, rue de Paris, où il y en a encore une à présent, et où s'étalèrent bientôt les livres, les journaux, les lettres pastorales de l'église française. Un de ses oncles était entrepreneur de bâtiments, et fut à la tête d'une assez belle fortune, dont il fit jouir son neveu.

Il ne fut presque pas question de lui enseigner la théologie, l'administration des sacrements, de le préparer au sacerdoce. Au bout de six semaines, on le jugea prêt ; l'abbé Chatel l'ordonna le 27 septembre 1831, et le laissa d'abord déployer son zèle dans son pays natal. L'abbé Laverdet prit sa situation à cœur ; il étudia l'Evangile, les épîtres des apôtres, devint familier avec les textes, au point de les appliquer avec facilité et à-propos. Dans ses exhortations, on eût dit parfois que son cœur s'épanchait avec la piété et l'onction d'un véritable convertisseur d'âmes. Dans sa lettre pour l'avent de 1839, il disait : « Nous brûlons du zèle de la gloire de Dieu et de la propagation de son saint Evangile (1). » Il devait être la plus ferme colonne du nouveau culte, entrant pleinement dans les vues de l'abbé Auzou, se multipliant pour le seconder et pour étendre son œuvre.

Tous deux s'aperçurent bientôt qu'ils n'étaient plus en harmonie de sentiments avec l'abbé Chatel ; ils se crurent assez forts pour dresser en face de lui autel contre autel, et pour établir une nouvelle église française différente de la sienne.

II.

L'abbé Auzou avait d'abord été le bras droit de l'abbé Chatel. C'est sur lui que le réformateur avait fondé les plus belles espérances. Personne n'avait plus d'initiative, n'était plus dévoué à la cause, ni plus ingénieux à la soutenir, à exciter les préventions contre l'Eglise romaine : ce qui importait avant tout. Il l'avait bien

(1) *Lettre pastorale pour l'Avent de* 1839, par l'abbé LAVERDET. — Biblioth. nat., Ld, 191/111.

prouvé à Clichy ; dans les péripéties de la lutte des premiers mois, il avait eu constamment une ressource pour parer aux coups de l'autorité civile et de l'autorité ecclésiastique. Les difficultés mêmes l'avaient grandi. Il pouvait tenir la plume pour répondre aux attaques de la presse, et dans ses entretiens, comme en chaire, il savait flatter les passions populaires. L'abbé Chatel lui avait donné le titre de *vicaire primatial;* mais ce n'était pas assez pour le retenir dans une entière dépendance. Ses commencements orageux couronnés de quelques succès, l'appui qu'il trouvait dans l'abbé Laverdet, lui avaient persuadé qu'il pourrait bien, lui aussi, commander, et que tout n'en irait que mieux. Choqué des airs de hauteur de l'abbé Chatel et de son absolutisme, lui qui s'appelait *évêque primat* de l'église française et ne souffrait pas de contradiction, il lui tourna le dos à propos d'un tarif affiché à la porte de l'église du faubourg Saint-Martin.

Il prétendit que c'était dénaturer complètement l'esprit de l'Eglise des temps apostoliques, sur laquelle on voulait se modeler, que de transporter ainsi les demandes d'argent là où ne devaient régner que la charité et le désintéressement. Il cria au scandale, lui et l'abbé Laverdet, son second ; ils se déclarèrent bien haut séparés de l'abbé Chatel, et établirent à Clichy le centre de l'église française, qui devait être imitée de celle des apôtres : ils l'appelèrent d'abord *Eglise française catholique apostolique de Clichy ;* plus tard, ce devait être l'église évangélique française.

L'abbé Chatel se plaignit d'être abandonné par son *vicaire primatial.* Dans une lettre rendue publique et imprimée dans un journal de Paris, il le fustigeait en termes laconiques et le rejetait de sa communion. L'abbé Auzou releva vivement les accusations et annonça la rupture consommée, dans une lettre également imprimée et qui eut beaucoup de retentissement. Il raillait l'abbé Chatel d'avoir voulu prouver que l'église française, c'était lui ; puis, avec une feinte modestie, il déclarait que les allégations mensongères répandues contre sa personne importaient peu dans ce débat ; « ce » qui importait c'était d'assurer à la profession de foi de l'église » française l'immuabilité, que commandent les préceptes divins. »

« Il était encore uni, disait-il, à l'abbé Chatel, pour le principe » de l'élection populaire, pour ce principe sacré qui les ramenait

» aux beaux temps de la primitive Eglise, alors que celle-ci se com-
» posait du peuple, des anciens et des diacres. Le peuple nommait à
» tous les emplois ecclésiastiques ; les anciens formaient le conseil ;
» le chef, nommé évêque, c'est-à-dire *inspecteur*, administrait les
» affaires de l'église, instruisait le peuple, célébrait le service divin
» et veillait au soulagement des pauvres. »

L'abbé Auzon terminait en assurant qu'il serait toujours pour son
chef, le chef des anciens, lorsqu'il n'altérerait pas les bases de la
réforme ; c'était lui dire qu'ils étaient désormais séparés par un
abîme. Cette lettre est du 15 janvier 1833 [1].

L'abîme se creusa de plus en plus dans le courant de cette année.
L'abbé Auzou voulut passer pour s'attacher aux vrais enseignements
de la primitive Eglise, absolument méconnus par son maître. Ils
n'étaient plus d'accord que sur un point : renverser l'autorité du
pape. L'abbé Chatel retenait encore à son profit la suprématie
épiscopale, car il s'appelait fastueusement « évêque *primat* de l'église
française. » L'abbé Auzou supprimait ce titre ambitieux ; il s'intitulait
curé par l'élection du peuple et président de l'église française. Il
ne voulait plus d'évêque ; mais il s'attribuait l'omnipotence d'un
chef suprême. Dans sa profession de foi de l'année 1833, il affirmait
que les prêtres avaient autant de pouvoir que les évêques. « Nous
» reconnaissons, disait-il, aux prêtres qui ont reçu le caractère sacré
» par la succession apostolique, le pouvoir de conférer à leur tour le
» sacerdoce et la confirmation, lorsqu'ils se trouvent réunis au
» nombre de trois.... selon la parole du Christ : Là où deux ou
» trois sont réunis en mon nom je suis au milieu d'eux. » Faisant
ressortir avant tout les inconséquences et l'orgueil de l'abbé Chatel,
il disait : « Les premiers fondateurs de l'église catholique française
» ont d'abord compris que la réforme religieuse entreprise par eux
» devait avoir pour but principal le renversement du pouvoir des-
» potique du pape et des évêques.... Mais l'église française eut à
» son tour un chef infaillible, et ce chef, c'était l'abbé Chatel. » Afin
de s'appuyer lui-même sur des principes capables de séduire la
foule, il avait mis en tête de sa profession de foi cet adage : *La*

---

[1] Observations sur une lettre de l'abbé Chatel du 11 mai 1832. — Biblioth.
nat., Ld, 191/92, pièce. (Année 1833.)

voix du peuple est la voix de Dieu; et il le répétait plus loin en ajoutant que c'était la base de sa doctrine. Il bravait les excommunications, les interdits, les censures, comme des usurpations sacerdotales [1].

On eût dit, à ses dernières paroles, qu'il était l'organe d'un nombreux clergé, parmi lequel il nommait l'abbé Laverdet.

Il y eut, il est vrai, quelques autres disciples qui se placèrent sous sa juridiction, et travaillèrent par son ordre, dans les pays voisins, observant les communes qui avaient des dissentiments avec leurs curés, et profitant de la désunion pour s'y créer un parti.

Des blanchisseurs de Boulogne-sur-Seine avaient appris de ceux de Clichy comment il était facile d'avoir un prêtre de l'église française. Personne assurément n'eût songé, à Boulogne, à se déclarer contre l'Eglise romaine du vivant de l'abbé Legrand, qui avait joui là pendant trente ans de l'autorité du père de famille. Mais il n'était plus et il avait laissé des regrets. Son successeur avait rencontré des antipathies, qui étaient allées grossissant. Sept ou huit familles de propriétaires, blanchisseurs, vignerons, cultivateurs, poussés d'ailleurs par le souffle nouveau qu'avait fait lever la révolution de 1830, s'abouchèrent avec l'abbé Auzou, qui leur donna l'abbé Heurtault, vers la fin de 1832. L'on se demanda toujours si ce n'était pas simplement un prêtre de sa création. Les premières réunions se tinrent dans un abri de blanchisseurs, qui a disparu dans le pourtour du champ des Courses : l'emplacement est sur l'avenue de Longchamp, près de l'église et de la maison des sœurs de Saint-Joseph. Quoique l'abbé Heurtault n'eût rien pour attirer à lui, n'étant pas habile à parler en public, ni spirituel causeur, ni même affable, comme l'abbé Auzou, il était porté par le zèle de ses partisans à seconder le mouvement, qui prit d'abord de l'importance. Lorsque l'abbé Auzou se fut séparé de l'abbé Chatel et se fut attribué la direction d'une église évangélique de sa façon, on lui fit bon accueil à Boulogne. L'œuvre commencée sembla un instant marcher presque de pair avec l'ancien culte. On vint s'installer rue d'Aguesseau, où une société des notables

(1) Profession de foi de l'église française catholique et apostolique de Clichy. — Biblioth. nat., Ld, 191/93, pièce. (Année 1833.)

du parti avait fait construire une chapelle ou grande salle voûtée, contiguë au bal, que dirigeait le franc-maçon Léveillé.

Au-dessus de la porte était peint un ostensoir avec deux anges adorateurs, qui se voyaient encore il y a peu d'années. Les plus riches s'étaient piqués d'émulation pour la décorer, pour offrir des vases sacrés, un lustre, des vêtements sacerdotaux.

La colonne de l'église française était Guillaume Héret, un propriétaire d'ailleurs respectable, qui avait fourni l'argent pour l'acquisition du terrain et pour les constructions. Il avait aimé l'église romaine du temps de l'abbé Legrand ; il y allait chanter assidûment, et il s'était appliqué à bien chanter en français la messe solennelle, les vêpres, le *Credo,* les hymnes, les psaumes, pour ne pas faire trop regretter les cérémonies d'autrefois. Il était secondé au lutrin par le chantre Langot.

La curiosité amenait dans le principe une nombreuse assistance aux messes du dimanche, qui se célébraient après celle de la paroisse, et qui avaient cela de remarquable qu'on y distribuait de copieux pains bénits, les familles rivalisant entre elles pour éclipser en cela l'église romaine. Le sacristain allait à travers la paroisse proposer des pains bénits pour le dimanche suivant. On jugeait, à l'accueil qui lui était fait, des sympathies ou des anathèmes que s'attirait le culte nouveau. Il n'était pas éconduit partout comme chez Barbu, ni souvent fêté comme chez Brivois et chez Chaudey : il y avait les railleurs, les indifférents, qui trouvaient l'occasion de questionner, de savoir des nouvelles, et qui n'étaient que spectateurs de la lutte.

Au moment de la Fête-Dieu, l'abbé Heurtault se crut en état de se mesurer avec ses adversaires. Il organisa la procession. Les deux cortèges se rencontrèrent ; les rangs ne furent pas rompus ; mais pendant que l'on passait, les uns à droite, les autres à gauche, il y eut des paroles de colère, des gestes menaçants. Un peu plus tard, les querelles éclatèrent dans la rue de la Rochefoucault ; l'on se battit à coups de pierres, et l'on ne semblait pas décidé à désarmer. Le maire jugea prudent de porter un arrêté défendant toutes les processions. Elles furent interrompues pendant plusieurs années. Les habitants de Boulogne n'entendirent plus au dehors que la belle et forte voix de Guillaume Héret chantant le *Credo* et les psaumes en français, pendant qu'il travaillait à sa vigne.

Il y avait, dans la paroisse, des confréries de Saint-Vincent de Paul, de Saint-Fiacre pour les jardiniers, de Sainte-Véronique pour les blanchisseurs : l'abbé Heurtault commençait à les organiser de son côté pour les opposer à celles que la population aimait. Mais l'engouement des premiers jours était tombé ; presque personne ne voulut en faire partie. La sacristaine, Mlle Héret, n'allait même plus à la messe. Le novateur avait bien essayé de faire croire aux habitants de Boulogne qu'ils ne changeaient pas de religion en venant à l'église française ; l'instinct de foi ne trompait pas les âmes sincères ; il ne restait plus guère que ceux qui s'étaient engagés par esprit d'indépendance et qui ne voulaient pas reculer, sentant qu'ils étaient allés trop loin. Sur la fin de sa vie, Guillaume Héret disait à l'abbé Gentit, curé de Boulogne : « Si je vous avais connu plus tôt, bien des choses ne » seraient pas arrivées. »

L'abbé Heurtault fit sentir son influence dans le diocèse de Versailles. C'est à lui que s'adressèrent les habitants de la commune de Guerville (Seine-et-Oise), révoltés contre leur curé, pour avoir un prêtre de l'église évangélique dans le village de Senneville, près de Mantes. La lettre que le maire lui adressa, le 14 septembre 1835, était couverte de quatre-vingt-sept signatures. Elle disait dans un langage pittoresque : « Les habitants de la commune de Guerville, » propriétaires, pères de famille.... ont l'intention d'avoir un prêtre » catholique français, vu que le prêtre catholique romain produit » dans notre commune une désunion considérable.... dont cela fait » horreur.

» Nous vous prions de faire pour nous et en notre nom auprès de » S. M. Louis-Philippe.... (en sorte qu'on) nous donne un prêtre fran-» çais, attendu que la commune possède deux églises et deux presby-» tères, dont une église et un presbytère ne sont point occupés (1). »

L'abbé Heurtault, pour répondre à ces avances, trouva l'abbé Caillard, qui avait été expulsé de sa paroisse pour son inconduite, et qui révolta les habitants de Senneville par son libertinage. On le remplaça par Mirandel, non moins débauché et pleinement incrédule. Des rixes avaient lieu à Senneville, entre les partisans de l'ancien

(1) Procès de l'église évangélique à Mantes,.... le 12 mars 1837. — Bibl. nat., Ld, 109, pièce.

culte et ceux du nouveau. L'abbé Auzou, en sa qualité de président de l'église évangélique, ne jugea personne plus capable de pacifier les esprits et d'inspirer une idée avantageuse de sa réforme que l'abbé Laverdet. C'est lui qu'il envoya à Senneville à titre de curé. Lui-même avait transporté son centre d'action à Paris, boulevard Saint-Denis, n° 10, où il avait établi une succursale de sa métropole de Clichy.

La succursale avait été bientôt préférée à l'église mère, qui ne fut plus appelée église *catholique apostolique de Clichy*, mais *église évangélique française*. C'est au boulevard Saint-Denis que l'abbé Auzou prononçait ses importants discours, tels que celui qui avait pour objet les *plaisirs populaires, les bals et les spectacles*, et qui fut imprimé en 1834 (1). Nulle part il ne fit mieux voir à quel degré de servilité il descendait pour flatter les vils instincts des multitudes de la campagne et du monde élégant de la capitale. C'est tout un code de morale qu'il prétendait tirer des paroles du Sauveur : *Mon joug est doux et mon fardeau léger*. Au lieu de la doctrine de la croix, il voulait faire un revirement absolu et établir la doctrine du plaisir. Son étrange raisonnement va bien au delà des théories protestantes : on croirait entendre quelque adepte des anabaptistes d'Allemagne, qui disaient : *C'est Dieu qui nous a donné nos passions ; nous devons les satisfaire.* Tandis que les protestants avaient loué l'Eglise des temps apostoliques et s'étaient vantés de revenir aux pratiques de ces premiers siècles, lui, qui s'appelait le chef de l'*église évangélique*, battait en brèche les principes des apôtres et la conduite des martyrs. Il trouvait que les uns et les autres avaient déjà singulièrement dévié de cette leçon du Maître : *Mon joug est doux et mon fardeau léger :* « Comment cela s'était-il fait ? se demandait-» il. C'est que la vie du Sauveur avait été arrêtée dans son principe, » et que la prédication de sa morale n'avait plus été confiée qu'à des » hommes.

» Les disciples étaient bien choisis ; mais ils étaient hommes, par » conséquent sujets à l'erreur. Judas ne l'avait-il pas trahi, vendu, » livré ? Pierre lui-même ne l'avait-il pas renié trois fois ? »

(1) *Discours sur les plaisirs populaires....* par l'abbé Auzou. In-8°, 1834, Paris. — Biblioth. nat., Ld, 191/103.

Les autres apôtres ne trouvaient pas grâce devant lui. *Leur en-*
thousiasme et leur foi poussée jusqu'au fanatisme leur avait fait
forcer les conséquences des instructions du maître. Pour les martyrs,
il leur faisait leur procès en règle et aggravait encore les reproches.
Il disait : « Les persécutions que leur zèle inconsidéré et porté quel-
» quefois jusqu'à la révolte leur suscitait, ont encore exalté leur ima-
» gination et redoublé leur fanatisme.

» Dans leur délire, l'existence de l'homme sur la terre n'a plus été
» pour eux qu'une existence passagère, une vie d'épreuves et de
» douleurs, et les plus fervents ont cherché un asile contre la société
» dans les déserts. »

A son point de vue, les anachorètes de la Thébaïde donnèrent
une impulsion lamentable à la morale chrétienne. C'est contre ces
excès, fort méprisables à ses yeux, qu'il venait réagir. Et dans son
coup d'œil rétrospectif sur le passé pour découvrir le mal jusque dans
sa racine, il ne pouvait s'empêcher de lancer l'anathème à l'empereur
Constantin, dont il envisageait ainsi l'influence : « Lorsque les chré-
» tiens ont triomphé sous Constantin, le christianisme n'était déjà
» plus la loi de Jésus, mais seulement la religion des anachorètes et
» des prêtres.

» Et, en effet, comment ces prêtres fanatiques ont-ils pu s'emparer
» de l'esprit et de la confiance de cet empereur, bourreau des siens,
» assassin de sa femme, parricide envers son fils ?.... Est-ce par la
» prédication de la morale de Jésus? Non, certes ! mais par une con-
» descendance coupable envers ce monstre, leur nouveau et puissant
» protecteur, et en lui faisant envisager l'adoption de leur foi comme
» le moyen de se faire absoudre de tant de crimes et de tant d'at-
» tentats.... »

Ces étranges préliminaires posés, il s'indigne contre les prêtres
romains, qui, *dans leurs harangues antisociales, ne parlent que de*
jeûnes, d'abstinences, de confessions, de pénitences à cause du passé,
et pour remédier au mal, il en appelle à une vie de plaisir, conformément à l'Evangile, qui est un *Evangile de consolation et d'espé-*
rance, un Evangile dont le joug est doux et le fardeau léger. Ses
développements sur les danses, sur les bals et les théâtres, étaient
le cœur de son sujet : c'est là qu'il déployait ses moyens de séduc-
tion. Représentant les danses comme des plaisirs d'une innocence

patriarcale ; les bals comme de décentes entrevues pour préparer les mariages de la société élevée ; les théâtres comme un délassement de bon goût pour les esprits cultivés, il y conviait les chrétiens d'autant plus chaleureusement que les prêtres de l'Eglise romaine y étaient plus opposés. Sans doute il avait cru faire une éloquente plaidoirie en faveur de sa religion ; mais il s'était trompé. Ses tableaux, tracés d'une main malhabile et dépourvus de convenance, ne prévenaient pas moins contre sa morale que contre la rectitude de son intelligence. Mais on les lisait, et un certain nombre d'incroyants disaient qu'ils voulaient bien être de cette religion.

Chaque semaine il faisait paraître un journal, *le Bon Pasteur*, nourri d'invectives contre le clergé catholique, et où il s'efforçait de déguiser sa situation précaire, en parlant de ses recrues et de ses espérances. Deux fois par an, pour le temps de l'Avent et pour le temps du Carême, il adressait des lettres pastorales à ses ouailles, avec le ton solennel d'un évêque. Il débutait ainsi : « Louis-Napoléon » Auzou, par la miséricorde divine et le choix des fidèles, premier » pasteur de l'église catholique réformée (en France), sous la déno- » mination d'église évangélique française ;

» Au clergé et aux fidèles de notre communion...., »

Pour le carême de 1837, il avait eu l'idée de traiter de la charité. Il disait en commençant : « Ce qu'il y a de grand et de sublime dans » la religion du Christ, c'est la pratique de la charité. Qu'elle est » douce et bienfaisante, cette morale de l'Evangile, dont les divins » préceptes peuvent se résumer ainsi : Faites le bien ! pardonnez le » mal ! »

Mais immédiatement après, il revenait à ses haines contre *les prêtres ligués sous la bannière d'un pontife étranger*, et il leur décochait des flèches, en ne consacrant qu'une page à sa lettre pastorale sur la charité. Il la terminait par l'annonce des conférences et des prédications du carême pour son église. C'était un curieux mélange que les matières de ces prédications préparatoires à la communion pascale. On peut s'en convaincre par cet extrait de son programme :

« *Jeudi* 9 *février*, à 7 heures du soir, l'abbé Auzou et M. Hugo » feront une conférence contre les pratiques extérieures.

» *Mardi* 14. Discours sur les jeûnes et abstinences (ou plutôt » contre les jeûnes et abstinences), par l'abbé Auzou.

» *Jeudi* 16, *à* 2 *heures*. Oraison funèbre de Molière, par l'abbé
» Auzou.

» *Jeudi* 16, *à* 7 *heures*. Oraison funèbre de Molière, par l'abbé
» Auzou.

» *Lundi* 23. Conférence sur les jésuites.

» *Mardi* 24. Discours sur le pharisaïsme des prêtres de Rome, par
» l'abbé Laverdet.

» *Jeudi* 26. Conférence sur les abus civils de la confession, par
» l'abbé Laverdet (1). »

Cette liste singulière témoigne d'un vrai désarroi dans les idées, et
ces deux laïques admis à renforcer les prédicateurs évangéliques tra-
hissent les vides qui s'étaient faits dans le clergé de l'abbé Auzou. Il
avait eu de ce côté bien des humiliations et des mécomptes. Caillard,
son premier curé de Senneville, avait, comme nous l'avons dit, causé
beaucoup de scandale; le deuxième, Mirandel, n'avait plus de
croyance. Il écrivait, le 3 février 1837, à l'abbé Auzou, qui lui avait
envoyé des vases sacrés : « L'ostensoir est devenu un meuble inu-
» tile; on est disposé ici à ne plus croire à la présence réelle, le plus
» épouvantable dogme qui ait jamais été conçu pour maintenir et
» perpétuer le despotisme et le fanatisme (2). »

Beaucoup de défections se produisaient parmi ses ouailles. Sa
pauvre chapelle de Clichy se dégarnissait d'auditeurs, quand il revenait le dimanche et s'efforçait de les ranimer. Un bon nombre de
ceux qui l'avaient accueilli dans les commencements s'étaient retirés,
pour retourner à l'église de Saint-Vincent de Paul, y faire rebaptiser
les enfants et revalider les mariages. Lui-même, hors d'état de suf-
fire aux frais de ses installations, quelque pauvres qu'elles fussent,
ne trouvait autour de lui que de faibles ressources, et luttait péni-
blement contre les difficultés de la misère. Mme Saintard lui avait
prêté 2,000 fr., dont elle ne demandait pas le remboursement; mais
une pareille générosité avait peu d'imitateurs. Son inquiétude perce
dans sa lettre pastorale de l'Avent 1836. Il dit que son devoir
est *d'accomplir l'œuvre sublime à laquelle il se croit appelé de*

(1) *Lettre pastorale de l'abbé Auzou pour le temps du Carême* 1837. — Biblioth.
nat., Ld, 191/107.

(2) Procès de l'église évangélique.... de Senneville près Mantes. — Biblioth.
nat., Ld, 191/109, pièce.

Dieu lui-même, en supportant à la fois les persécutions des puis-
sants de la terre et le dédain de ceux qui passent sans daigner voir,
sans daigner écouter. Puis il ajoute : « Souffrons sans nous plaindre,
» sans nous décourager. Notre pauvreté est notre bien ; c'est par elle
» que se révèle la pureté de notre conscience [1] !.... »

Découragé, il l'était cependant beaucoup, et quoiqu'il essayât de
se fortifier lui-même, il n'était pas de la trempe des apôtres que
Dieu soutient. Un coup suprême lui fut porté dans le cours de mars
1837 et l'abattit. Le gouvernement voyait d'un mauvais œil ces nou-
veautés religieuses, qui agitaient les esprits, mêlaient la politique
aux enseignements de la chaire évangélique. Il résolut d'en finir, et
par ordonnance de police il fit fermer toutes les églises françaises,
soit celles de l'abbé Chatel, soit celles de l'abbé Auzou. Celui-ci
essaya un instant de lutter contre l'arrêt irrévocable ; il se rendit à
Senneville et à Mantes, pour s'interposer entre le tribunal et l'abbé
Laverdet, qui était incriminé d'avoir tenu des réunions illicites dans
l'église de Senneville, malgré les avertissements officieux du sous-
préfet. Il demandait que les poursuites fussent dirigées contre lui-
même, car c'était par son ordre que tout s'était fait. Il avait confié
le soin de la défense à Odilon Barrot. Le célèbre orateur de la
chambre des députés chargea son frère, Ferdinand Barrot, de plaider
devant le tribunal de Mantes ; lui-même promit son concours devant la cour d'appel de Versailles. Les témoins firent de curieuses
révélations sur l'établissement de l'église évangélique française à
Senneville. L'abbé Auzou et son défenseur invoquaient en leur faveur un texte de la constitution de l'an iv et la charte de 1830 ; les
juges frappèrent au nom du Concordat. Ils condamnèrent l'abbé Laverdet à 50 fr. d'amende [2]. L'arrêt était motivé sur l'interdiction
des réunions non autorisées et sur la défense faite aux citoyens de
porter des insignes ou des vêtements qu'ils n'ont pas le droit de
porter. Le délinquant avait revêtu indûment des habits de cérémonie religieuse. Son église de Senneville continua d'être fer-

---

(1) *Lettre pastorale de l'abbé Auzou pour le temps de l'Avent* 1836, p. 3. —
Biblioth. nat., Ld, 191/106.

(2) Procès de l'église évangélique française, à l'occasion de la fermeture de la
chapelle de Senneville, près Mantes, le 12 mars 1839. — Biblioth. nat., Ld,
191/109, pièce.

mée, ainsi que toutes celles de l'abbé Chatel et de l'abbé Auzou.

Celui-ci avait paru accessible aux ouvertures que lui firent des prêtres catholiques romains pour le ramener à la soumission au souverain pontife. Après quelques discussions il se montra disposé à rentrer dans le sein de l'Eglise. Il fit sa rétractation et l'accompagna d'une lettre adressée à l'évêque de Versailles; il écrivit également à l'archevêque de Paris. On répandit le bruit qu'il avait l'intention de se retirer dans une maison religieuse, pour y réparer les scandales du passé. Il y fut apparemment quelques mois. Une bienveillante recommandation le fit nommer directeur d'un bureau de poste dans le département de Saône-et-Loire. Il y était en 1839; mais il fut obligé de quitter cet emploi.

Cette défection fut un coup de foudre pour l'église évangélique française. L'abbé Laverdet se crut désigné par les circonstances pour prendre en main le gouvernail de la nacelle si près de sombrer. Il le fit avec résolution, témoignant une confiance qu'il s'efforça de communiquer. Dans une lettre du 10 septembre 1839, adressée à tous les fidèles de la secte, il déplorait la faiblesse de celui qui était tombé, vaincu par le malheur et circonvenu par les prêtres de l'Eglise romaine, et non dans la plénitude de sa liberté [1]. Le 1er décembre suivant, il se fit nommer premier pasteur de l'église évangélique française, *conformément*, disait-il, *aux principes d'élection en usage dans la primitive Eglise;* et le 8, il annonçait sa nomination dans une lettre pastorale pour le temps de l'Avent 1839. C'étaient des motifs de confiance qu'il exposait avec un accent d'enthousiasme et d'onction apostolique. « Si l'on avait pu craindre un » instant la dispersion entière du troupeau.... les douceurs de la » consolation avaient succédé aux angoisses de la douleur.... De toutes » parts étaient venus des témoignages de constance et de fidélité.... » Jamais l'église évangélique française n'avait paru si fervente.... » On se serait cru reporté aux premiers siècles de l'Eglise [2].... »

Ce ton d'apparat, qui dissimulait des blessures mortelles, raviva l'ardeur des premiers sectaires; mais à mesure qu'ils tombaient, ils

---

(1) Lettre de l'abbé Laverdet, au sujet de l'abjuration de l'abbé Auzou. Paris, 10 sept. 1839; 24, rue du Caire. — Biblioth. nat., Ld, 191/110, pièce.

(2) Eglise évangélique française. — *Lettre pastorale pour l'Avent de* 1839, par l'abbé LAVERDET. — Biblioth. nat., Ld, 191/111, pièce.

laissaient des vides que personne ne venait combler. Les lettres
pastorales de l'abbé Laverdet se succédèrent encore de 1840 à 1846.
Quand il mourut, c'en était fait de l'église évangélique française,
tuée par la main des hommes parce que la main de Dieu ne la
protégeait pas, et que les adeptes y étaient sans foi et n'avaient guère,
pour se relier entre eux, qu'une implacable haine contre l'Eglise
romaine.

Nous complétons cette notice par quelques détails sur les relations
de l'abbé Chatel avec les protestants du pays de Montbéliard. Ils
sont peu connus et soulèvent un coin du voile sous lequel se ca-
chaient ses projets ultérieurs.

III.

L'abbé Chatel avait eu l'espoir d'implanter son église française
tout à travers la France. Dès 1833 il avait noué des relations dans
les provinces, et un certain nombre de communes lui avaient fait des
ouvertures pour avoir de ses prêtres. Le vent de nouveauté qui
soufflait en politique faisait croire à des changements religieux, et
laissait entrevoir à l'abbé Chatel un grand succès. Mais on s'éton-
nera peut-être qu'il se fût également tourné vers les protestants, et
qu'il en ait reçu bon accueil. Au fond, il marchait vers eux à grands
pas, n'ayant déjà plus rien conservé ni des sacrements, comme le
lui reprochait l'abbé Auzou, ni de la croyance effective à la divinité
de Jésus-Christ. Peut-être se flattait-il de constituer une branche
importante du protestantisme, de se faire reconnaître pour un des
adhérents à la confession d'Augsbourg, tout en conservant quelques
caractères distinctifs, afin d'avoir droit à un traitement de l'Etat pour
lui-même et pour ses collaborateurs. Il cultiva d'autant plus volon-
tiers leur sympathie qu'ils semblaient eux-mêmes venir au-devant
de lui. L'espoir de le gagner tout à fait pouvait leur sourire; en
attendant, ils applaudissaient des deux mains aux efforts d'un homme
de renom, qui battait en brèche l'autorité du pape sur un théâtre
tel que Paris. On a une partie de sa correspondance avec le vicaire
protestant d'Etouvans, village des environs de Montbéliard. Il y règne
un ton de cordialité qui atteste que si l'on n'était pas encore près

de s'entendre sur tous les points, l'on s'était déjà donné la main. A la fin de février 1833, le cœur de l'abbé Chatel déborde de joie et d'espérance. Tout s'annonçait sous les plus heureux auspices ; il était à son apogée. L'extrait de la lettre qu'il adressait alors au jeune pasteur fut imprimé chez Deckherr, à Montbéliard. La suscription porte qu'elle fut écrite par M. Chatel, fondateur de l'église française, à un ecclésiastique protestant du Doubs. Il y disait :

« Mon cher frère en Jésus-Christ,

» C'est avec le plus grand plaisir que je vous annonce la prochaine » ouverture d'une autre église à Paris. Cette église est sise rue » Saint-Honoré, n° 359. Elle peut contenir 3,000 personnes.... (Un » autre local loué en décembre est assez vaste pour 2,500 per- » sonnes.) Bientôt je pourrai vous apprendre que nous avons quatre » églises dans la capitale.

» Nous sommes établis dans trente départements, ou, pour parler » plus exactement, nous comptons un très grand nombre de prosé- » lytes qui ont adopté la réforme dans trente départements, bien » que nous n'ayons de prêtres de notre communion que dans huit » seulement. »

La liste de ces trente départements est donnée : le Doubs n'y figure pas. Cependant des tentatives avaient été faites pour entamer l'Eglise romaine du côté de la Suisse. L'abbé Boissenot, vicaire général de l'abbé Chatel, avait dit la messe en français dans la chapelle du Bief-d'Etoz, construite par ses aïeux sur la paroisse de Charmauvillers. Il avait fait des exhortations en faveur des changements, qu'il représentait comme une beauté de plus dans la religion. Mais les habitants de ces montagnes étaient trop attachés à l'ancienne foi pour ne pas pousser un cri d'horreur, et pour ne pas détourner du schisme ceux que la complaisance ou la curiosité avaient fait assister aux premières réunions, d'ailleurs peu nombreuses. La chapelle du Bief-d'Etoz se vida et il fallut la rebénir [1].

Dans sa lettre au jeune pasteur de Montbéliard, l'abbé Chatel continue ainsi :

« Plusieurs communes viennent de s'adresser à la chambre pour » nous faire avoir des églises et des presbytères. Dans ce moment

[1] Communication du docteur Santon.

» je fais une consultation à ce sujet [1]. » La consultation ne lui était pas favorable, car, d'après le Concordat, dans les communes où l'Eglise romaine a la majorité, les églises et les presbytères doivent lui appartenir.

Son correspondant d'Etouvans lui avait consacré deux notices qui furent imprimées à Montbéliard et se répandirent dans les paroisses protestantes aux alentours. Il y faisait le procès de l'Eglise romaine, qu'il accusait *de tordre le sens et l'esprit de l'Evangile ;* puis il saluait avec enthousiasme *ces prêtres défenseurs zélés de la vérité, qui travaillaient à ramener une foule de fidèles et de leurs collègues à la vraie source, que le fanatisme, de viles spéculations avaient pour ainsi dire dénaturée.* Il les félicitait de se marier, de chercher depuis près de trois ans à répandre leurs idées neuves. Le tableau de ce qui s'était fait à Paris et dans les départements lui avait été communiqué ; il annonçait une progression très satisfaisante dans les résultats ainsi comptés pour 1831 et 1832.

	1831	1832
Enterrements,	11	100
Baptêmes,	107	225
Mariages,	184	255

Abordant le point délicat d'une fusion entre les protestants et l'abbé Chatel, le vicaire d'Etouvans reconnaissait que l'on n'en était pas encore là, *les opinions de l'église française n'étant pas encore assez épurées pour qu'on puisse les partager complètement.* Mais si l'on avait discuté chaudement avec l'abbé Chatel, on ne s'était pas heurté de front. Les deux adversaires *cherchaient à s'éclairer mutuellement et à être utiles à leurs semblables en les appelant à la lumière.* Et ce n'était pas à des vœux platoniques de succès que se bornait le vicaire d'Etouvans ; il en appelait à la générosité de ses coreligionnaires pour aider à l'accomplissement *d'une grande œuvre morale.* Il fallait que les habitants du pays de Montbéliard fissent preuve *de libéralité pour subvenir aux frais du culte nouveau,* et

---

[1] Extrait d'une lettre de M. Chatel, fondateur de l'église française, écrite à un ecclésiastique protestant du Doubs. — Montbéliard, imprimerie de Deckherr, in-12, 1833.

pour seconder de tout leur pouvoir *des hommes qui allaient gran-dissant avec le pain de l'aumône* (1).

Il serait curieux de savoir si cet appel fut entendu, si les offrandes furent très généreuses. Le vicaire d'Etouvans réitéra ses chaleureuses sollicitations en faveur de l'abbé Chatel ; mais celui-ci alla déclinant à partir de 1834 et 1835 : il avait abandonné presque toutes les pratiques essentielles de la religion catholique ; il avait dépassé les protestants, lorsque ses églises furent fermées en 1837. Il avait gardé quelque décence pendant qu'il était sur un théâtre de comédie ; mais lorsqu'il en fut descendu, il rejeta le masque. Il se fit épicier dans le quartier Mouffetard, lui qui se disait naguère *primat des Gaules*, et on le vit tomber au dernier degré de l'avilissement moral. La révolution de 1848 essaya de le remettre en évidence, afin d'utiliser à son profit le nom du réformateur et sa facilité de parole, qui avait parfois quelque entraînement d'éloquence. Orateur habitué d'un club fréquenté surtout par les femmes, il y plaida la cause du divorce.

Il mourut à Paris le 13 février 1857. Son corps fut ramené à Clichy le 19 mai 1862. Il repose à l'extrémité nord de l'ancien cimetière, dans la chapelle de la famille Laverdet. Son inscription, gravée du côté de l'évangile, porte qu'il fut fondateur et évêque de l'église française (2). L'abbé Laverdet, décédé à Paris le 30 novembre 1865, vint le rejoindre dans ce tombeau le 10 décembre suivant.

Ils s'étaient l'un et l'autre éteints bien obscurément, après avoir fait un peu de bruit, qui inquiéta un instant les évêques de France et le gouvernement. Exploitant les divisions politiques et la fermentation des esprits, que vint accroître la révolte de Lamennais, ils s'étaient imaginé qu'ils fonderaient une religion sur la haine du pape et de l'Eglise romaine. Mais on ne fonde rien de surnaturel sur la haine, parce que Dieu est charité et que sa religion doit être

(1) *L'abbé Chatel et sa réforme nouvelle*, notice par un ecclésiastique protestant du Doubs. — Montbéliard, imprimerie de Deckherr, 1833. — Biblioth. nat., Ld, 191/16, pièce.

(2) Voici cette inscription :

CHATEL, FERDINAND-FRANÇOIS,

PRÊTRE, FONDATEUR ET ÉVÊQUE DE L'EGLISE CATHOLIQUE FRANÇAISE,

NÉ A GANNAT (ALLIER),

DÉCÉDÉ A PARIS LE 13 FÉVRIER 1857, EXHUMÉ, PUIS INHUMÉ ICI

LE 19 MAI 1862.

charité. Ils laissèrent de respectables amitiés, qui s'affirment encore aujourd'hui. Chaque année, après la Toussaint, l'on continue d'apporter à leur tombe des fleurs et des couronnes. Jamais elles n'ont été plus belles qu'en 1889 ; jamais elles n'ont mieux garni l'autel et le marchepied. Les couronnes d'immortelles s'élèvent à la hauteur des deux inscriptions. Un calice, avec son voile de deuil, est posé là, comme si la messe allait commencer. On assure qu'elle y a été dite pendant plusieurs années, à l'époque de la fête des Morts.

BESANÇON. — IMPR. ET STÉRÉOTYP. DE PAUL JACQUIN.

www.ingramcontent.com/pod-product-compliance
Lightning Source LLC
Chambersburg PA
CBHW061738180626
46818CB00006B/2672